TR3S CARAS OCULTAS

GILMA LUCY CÁRDENAS SÁNCHEZ
HÉCTOR ARMANDO HEREDIA
JOHNNY DÍAZ CHÁVEZ

Primera edición: septiembre 2023
©Derechos de edición reservados.

Designer Pro
info@dspro.es
Colección: Narrativa

©GilmaLucyCárdenasSánchez
©HéctorArmandoHeredia
©JohnnyDíazChávez

Edición: Designer Pro
Maquetación: Ana Torres Marín
Diseño de cubierta: Ana Torres Marín
Imágen de portada:Gilma Lucy Cárdenas Sánchez

ISBN: 9798860808140

IMPRESO EN ESPAÑA - UNIÓN EUROPEA

GILMA LUCY CÁRDENAS SÁNCHEZ nació en Pamplona Norte de Santander, de nacionalidad colombiana y española. Abogada egresada de la Universidad Libre de Colombia y con título homologado al correspondiente español. Es Magister Penalista, Internacionalista, con énfasis en Cooperación y Desarrollo, derechos humanos, tráfico de drogas y, es docente. Ha sido Fiscal y Juez especializada contra el crimen organizado, Consultora de la Organización Internacional para las Migraciones OIM como parte del sistema de las Naciones Unidas ONU DC y, Asesora de la Oficina Alto Comisionado para la Paz en la Presidencia de Colombia. Es miembro del Ilustre Colegio de Abogados de Cataluña ICAB y, autora de importantes Ensayos, entre ellos, "Alternativas de solución al problema del narcotráfico".

HÉCTOR ARMANDO HEREDIA es un periodista, abogado, profesor universitario y escritor nacido el 30 de octubre de 1966, en la ciudad de Buenos Aires, en la Argentina. Ha trabajado muchos años en medios de comunicación, incluso como presentador de televisión y de radio, tanto en su país como en el ámbito internacional. En 2015, ganó el concurso literario "Blanca López de Viglione", en el género narrativo, con el libro "El más joven de Malvinas" que relata la historia de un adolescente que, con tan solo 16 años, participó en el conflicto bélico entre la Argentina y el Reino Unido, ocurrido en 1982. Actualmente se encuentra radicado en Barcelona, España.

JOHNNY DÍAZ CHÁVEZ nació en Santiago de los Caballeros, República Dominicana el 8 de marzo del 1958. Es médico especializado en Gineco- Obstetricia en el Hospital Universitario Maternidad Nuestra Señora de la Altagracia, año 1990. Además, se especializó en Planificación y Gestión de servicios sanitarios en la Universidad Autónoma de Santo Domingo. Es Máster en Cirugía endoscópica ginecológica del Hospital Universitario de Vall d'Hebrón, Universidad Autónoma de Barcelona y actualmente ejerce como Ginecólogo en el Hospital Comarcal del Ripollés, Campdevànol, Gerona, Cataluña desde el 2005 a la fecha.

GILMA LUCY CÁRDENAS

A mis padres, quienes son la inspiración de estos relatos.
A mis hermanos, quienes me estimularon a compartirlos.
A mi esposo e hijos, quienes me mostraron cómo darle forma.
A mis congéneres, portal de vida,
A la Humanidad,
responsable de su evolución y de la salvación del planeta Tierra.

INTRODUCCIÓN:

Tr3s Caras Ocultas es un libro de poesías y relatos cuyos autores reflejan con emoción y sentimiento las distintas vivencias humanas de todos los días.

Los tres escritores, *Gilma Lucy Cárdenas, Héctor Armando Heredia y Johnny Díaz* han conformado un libro en el que confluyen sus conocimientos y experiencias provenientes de distintas culturas, lo cual queda plasmado en las formas, el estilo y el contenido que cada uno de ellos ha aportado a los textos.

Esta diversidad hace que **Tr3s Caras Ocultas** sea un libro de apreciado valor, ya que los tres coinciden en que son las diferencias las que contribuyen al enriquecimiento del conocimiento y de la cultura de las sociedades.

Tr3s Caras Ocultas es un libro escrito, fundamentalmente, desde el corazón. Hecho con la sinceridad, la espontaneidad, el cariño y el respeto hacia cada uno de sus lectores.

El nombre del libro tiene una representación simbólica realmente muy significativa.

La presencia creativa de tres escritores justifica la mención de "**Tr3s Caras**", lo que se refiere a distintas formas de ver y abordar la realidad, de distintos modos de percibir y canalizar lo que ocurre en el insondable mundo interior de las personas.

Ahora bien: ¿Por qué, finalmente, termina siendo **Tr3s Caras Ocultas**?

Porque en la inmensa intimidad de cada una de las personas, esa que está en lo más profundo de cada ser, al que solo ese mismo individuo puede acceder, están los sentimientos, todos ellos entremezclados, muchas veces de manera muy confusa, y expuestos con dificultades para ser diferenciados entre sí.

En este sentido, los autores han decidido acceder al interior de cada uno de ellos para compartir con sus lectores sus hallazgos personales más profundos.

En esa búsqueda, no solo hay sentimientos, sino que también están presentes las emociones. Ellas promueven distintas acciones y reacciones que emergen, entre otros ejemplos, como consecuencia de recuerdos, vivencias, experiencias, éxitos frustraciones a los que ningún ser humano está ajeno en el tránsito por la vida.

El objetivo de reflejar los sentimientos y las emociones ha sido el punto central de los autores de **Tr3s Caras Ocultas** porque si bien aquellos están relacionados con cada uno de ellos, son también los mismos que atraviesan y marcan la existencia humana a lo largo de todos los siglos.

Sobre la carátula del libro "TR3S CARAS OCULTAS":

Aparece una pintura al óleo de autoría de la escritora Gilma Lucy Cárdenas.

Se trata de una mujer Amazona que sonríe y observa y controla cada detalle, y que porta un arco tensor, escudo y flechas. La mujer mítica encarna el eterno femenino en la frescura de la naturaleza, que parece contener sus manos para no intervenir, y que se limita a contemplar los movimientos de los hombres en el ajedrez, - en su juego estratégico de la vida-. No obstante, estas piezas que representan el proceder humano, parecen no advertir las estrellas que natura ha puesto en su tablero -camino- y la guía en su escudo protector, para facilitarles su andar y, evitarle traspiés.

En el relato mitológico, Artemisa y Atenea, son diosas que encarnan, la protección y, el conocimiento, respectivamente. La amazona representa el valor, el coraje. Cercena un pecho para apoyar el arco, mientras el otro seno, desnudo y visible, simboliza el vínculo, la savia, la energía que sustenta la vida, tal como es la naturaleza misma, gran prohijadora.

La escritora ha querido enlazar su obra pictórica con el contenido de sus ocho primeros relatos, para relievar el contrasentido del papel protagónico de la mujer y, la persistente lucha contra los yugos y la reivindicación de sus derechos. Esa misma mujer, que ha sido la gran dadora y guardiana de la supervivencia de la especie humana, no sólo en cuanto que alimenta, sino que cuida y preserva el núcleo base de la sociedad, la familia, se ha visto obligada a una briega sostenida, durante las distintas etapas de la historia de la Humanidad, hasta nuestros días.

El ajedrez, de cuadros blanco y negro, que aquí son gris y rojo por capricho y porque no todo es rotundo, recuerda la dualidad, en tanto que el ser es espiritual y material. El juego es muy importante para el individuo en todas las etapas de la vida. La semblanza del ser humano en él se recrea, imagina y desarrolla competencias y habilidades para la resolución de sus conflictos y los dilemas existenciales.

El número 3 que tiene diversas interpretaciones desde el prisma con que se le mire, es esotérico o exotérico, cabalístico y/o mágico. Es geométrico pues el triángulo tiene tres caras. Es teológico, pues encarna la Trinidad, expresión de la totalidad del hombre, hijo del cielo y de la tierra. Es Dios Trino, Padre, Hijo y Espíritu Santo. También lo es, en la Tríada Hindú, que contiene los tres aspectos de la divinidad: Brahma, -Dios creador-, Vishnú -Dios preservador- y Siva -Dios transformador o destructor-. La significación en todo caso, será percibida según el fundamento de convicción, analítico y reflexivo de cada individuo.

VIERNES DE JUERGA

"No vayas a mi tumba y llores, pues no estoy ahí, yo no duermo. Soy un millar de vientos que soplan, el brillo de un diamante en la nieve, la luz del sol sobre el grano maduro, la suave lluvia de verano. En el silencio delicado del amanecer, soy un ave rápida en vuelo. No vayas a mi tumba y llores, no estoy ahí, yo no morí". POEMA LAKOTA/Indio Americano

"Dos lánguidos camellos, de elásticas cervices,
de verdes ojos claros y piel sedosa y rubia,
los cuellos recogidos, hinchadas las narices,
a grandes pasos miden un arenal de Nubia.

Alzaron la cabeza para orientarse, y luego
el soñoliento avance de sus vellosas piernas
-bajo el rojizo dombo de aquel cénit de fuego-
pararon silenciosos, al pie de las cisternas..."

Así con voz trémula y cadenciosa entronizaba mi padre un poema de Guillermo Valencia, mientras todos sentados en ronda le rodeábamos, con los ojos muy abiertos, ávidos de aventura. Echábamos a volar nuestra infantil imaginación e intentábamos adivinar cómo eran aquellos misteriosos seres piernipeludos, de narices anchas. Pero si esto ya era todo un desafío, que no decir cuándo ya se aproximaba el siguiente verso, aún más indescifrable y terrorífico:

"…Un lustro apenas carga bajo el azul magnífico,
y ya sus ojos quema la fiebre del tormento;
tal vez leyeron, sabios, borroso jeroglífico
perdido entre las ruinas de infausto monumento.

15

Vagando taciturnos por la dormida alfombra,
cuando cierra los ojos el moribundo día,
bajo la virgen negra que los llevó en la sombra,
copiaron el desfile de la Melancolía..."

Mi padre poseía una memoria prodigiosa, al que acompañaba con magnífica entonación, su voz grave, sonora. Ahora que ronda los 94, aún hace gala de un magnífico sentido del humor y una inteligencia emocional aguda.

Por eso, cuando percibía que su mayoritario auditorio compuesto por tres mocosos que apenas oscilaban entre los 4 a los 6 años tenían cierta dificultad para entender las metáforas y los símiles propios de grandes ligas literarias, zanjaba el tema poético con una explicación sencilla y, con un chasquido, daba paso al número del acto siguiente, que era la importante intervención de mi madre, no sin antes advertir a cada uno de sus tres pequeños vástagos, que ya se aproximaba nuestro turno para debutar.

Mientras nos sabían ansiosos porque no teníamos ni idea de lo que hacer o decir, ellos parecían hacer caso omiso de nuestro suplicio, y en clara complicidad parecían disfrutar el momento.

Ahora vamos a escuchar a su mami con su canción favorita, mientras cada uno de ustedes, prepara su intervención desde ya.

- En mi ciudad natal Pamplona, particularmente en aquella época, el trato interpersonal sin importar la edad, es de Usted-.

Mi madre le seguía el juego, con suave y queda dicción, entonaba la primera estrofa de una melodía, luego de contarnos que nuestro padre se la había dedicado muchas veces durante su noviazgo, y había logrado cautivarla. **In crescendo**, primero tatareaba... luego vocalizaba:

"Muñequita linda, de cabellos de oro
de dientes de perlas, labios de rubí.
Dime si me quieres, como yo te adoro
Si de mí te acuerdas, como yo de ti"
Y, como si no existiésemos, los enamorados esposos

16

entrecerrando los ojos, en coro, evocaban ese sentimiento sublime que los llevó a contraer matrimonio cuando ella apenas hacía 17 y él contaba 11 más. Con tono pleno y abierto seguían la letra de "Muñequita linda".

"Y a veces escucho un eco divino que envuelto en la brisa parece decir (parece decir)

Sí, te quiero mucho. Mucho, mucho, mucho. Tanto como entonces. Siempre hasta morir…"

Extasiados contemplábamos en silencio, esa mágica compenetración, que, en muy contados casos, he vuelto a presenciar.

Aquel capítulo final de la existencia de mi madre, me conmueve mucho, porque como toda su vida, hasta el último instante de aliento, dio ejemplo de grandeza, de desprendimiento. Antes de entrar en aquel sopor aletargante, pidió perdón por el impacto involuntario de su enfermedad en el discurrir de nuestra infancia, y también a su marido, por soportar y reconducir sus altibajos.

Por fortuna pudimos verbalizarle que, gracias a su valentía, todos maduramos a tiempo, compartiendo con gozo el amor verdadero y recíproco, de madre e hijos, y el que vimos se profesó la pareja. Que, de su ejemplo, aprendimos que el cuerpo es apenas la coraza que envuelve el ser; y las heridas, las cicatrices son apenas raspones, que le dan fuerza y sentido, y le hace más bello. Que, las dificultades son una oportunidad para crecer. Apenas sonrió como asintiendo y luego nos encareció, refiriéndose a su amado: "cuiden que nunca nadie le censuren si rehace su vida. Hizo de mí, la mujer más feliz sobre la tierra…". En el lecho de muerte, le reafirmó su gratitud y devoción con la letra de la canción de ambos: "Le amo mucho más que antes y por siempre lo amaré". Sin embargo, al morir, le dejó libre, para que buscara su felicidad, porque se había hecho merecedor de ello.

Ella partió al mundo invisible, luego de eludir la asechanza persistente de la parca. Eso sí, no sin antes festejar el cumpleaños de su bien amado, con serenata y regalos incluidos, dos días antes. Y así frente a él y a sus hijos, hasta la exhalación de su último aliento, agradeció la vida compartida, y a sus hijos, para entonces seres hechos y derechos.

Volviendo a uno de los primeros viernes culturales en casa-después vendrían múltiples, conforme crecíamos y adquiríamos destrezas e irían sumándose amigos y contertulios, y también nuevos y distintos instrumentos musicales, por cada miembro de la familia.

Después de escuchar a la pareja cantar su canción, mantuvimos un silencio sepulcral intentando no romper el hechizo y aunque, después pretendimos dilatar el tiempo de la llegada de nuestro turno, a decir verdad, fue más el susto, porque mi padre intuyendo que aún no estábamos preparados para esta faena, puso en su equipo de sonido, un twist y, después un vals de Strauss.

Mami tomaba lado a lado, las manos de sus dos hombrecitos. Papi me enseñaba a poner distancia con el brazo izquierdo, posar mi mano sobre su hombro derecho, mientras el brazo derecho estiraba para agarrar con la punta de los dedos de mi mano, la suya izquierda. Me enderezaba la espalda y levantaba mi mentón, asegurándose que no trastocara mis pies con los suyos. Haciendo gala de dotes de buen bailarín, repetía: ¡Es fácil! solo miren al frente y déjense llevar.

El primer ritmo parecía un juego sencillo: Imaginen que, baten los pies, sacamos brillo al suelo después del encerado, de un lado al otro. El segundo, era otro juego, aunque melodioso, muy formal. Demasiado exigente para nuestros pequeños cuerpos, porque exigía una coordinación simultánea de movimientos, y, por tanto, muchas indicaciones a la vez.

Mantengan atrás hombros, recta la espalda, suelten caderas, doblen rodillas, sin perder la cuenta de dos, tres, atrás y adelante, y dos, tres giros, a un lado y al otro. Finalmente, todo terminaba siendo un caos, y vuelta a empezar... luego venían las risas... hasta quedar exhaustos.

Para cambiar de tercio, mi hermano mayor y yo, de prisa, y el menor tartamudeando, leímos uno por uno, las fábulas de Esopo y sus moralejas. El cierre con broche de oro para el acto final consistía en que, cada uno tenía que memorizar un verso del Renacuajo Paseador de Rafael Pombo, con acento y fonomímica, meticulosamente seguida por la mejor maestra del mundo, nuestra carísima mami.

> "El hijo de rana, Rinrín renacuajo
> Salió esta mañana muy tieso y muy majo
> Con pantalón corto, corbata a la moda
> Sombrero encintado y chupa de boda.
>
> -¡Muchacho, no salgas!- le grita mamá
> pero él hace un gesto y orondo se va.
>
> Halló en el camino, a un ratón vecino
> Y le dijo: -¡amigo!- venga usted conmigo,
> Visitemos juntos a doña ratona
> Y habrá francachela y habrá comilona"

Obviamente el primer verso lo declamó la suscrita, por aquello de que ser mujer era cosa difícil. El segundo por ser más corto y fácil, la cuba de la casa; y el verso final, correspondió al mayor, que desde entonces ya, se mostraba más intrépido y extrovertido para todo.

Hasta qué salimos del nido para estudiar nuestras respectivas profesiones, estos encuentros fueron recurrentes en la casa paterna, en la casa de la abuela materna y también es hábito que recogimos en cada uno de nuestros hogares. Espero, si la virtualidad, la inteligencia artificial y las redes sociales no lo impiden, que este ejemplo de convivencia familiar, se preserve en forma real, por muchas generaciones.

JUEGOTECA

"Yo creo que nunca veré un poema tan hermoso como un árbol. Un árbol cuya boca abierta está pegada al dulce pecho que fluye de la tierra". Joyce Kilmer

Desde la infancia hasta la adultez, cada tarde de viernes, el salón de la casa, - nuestro hogar-, se vestía de gala para los chistes, los refranes, los dichos populares, los coros, los versos, las fábulas, las mitologías, los cuentos de terror, las adivinanzas, los trabalenguas, los bailes, pero también toda suerte de juegos.

Los paseos dominicales eran sagrados, porque según decía mi madre, era día para el descanso y la reflexión. La madre naturaleza, es la sabia maestra que enseña y que cura. Aprendimos formas, tamaños, colores, sabores, olores, recorriendo sus entrañas y untándonos de barro hasta las narices.

Los bosques de pinos, los eucaliptos, los sauces llorones, la tierra negra y marrón, húmeda y fresca, el nacimiento del río y, las fuentes cristalinas. Contemplamos amaneceres cruzados por ventarrones y, nubes y arcoíris con los ángeles y arcanos que aparecen y luego se esconden. El sol resplandeciente. La luna blanca y amarilla, las estrellas refulgentes. El firmamento en un instante, era explosión de colores, ráfagas lumínicas y relámpagos, y luego hacía presencia, la densa, la blanquecina neblina.

Conocimos la magia del silencio, y de una escucha atenta. Imitamos sonidos onomatopéyicos de cuanta especie animal se nos cruzase. Seguimos hileras de hormigas. Descubrimos panales de abejas. Nos trepamos a los árboles, y vimos nidos y, a las aves empollar.

Dimos de comer a los gorriones y tiramos piedras en el río hasta que nos arrastró la corriente. Correteamos animales y escarmentamos pilatunas. Supimos que todo ser viviente siente.

Conocimos por qué pican las avispas, lo que duele una espina clavada, cómo se siente el quemón de una roca hirviente, o el de las piedras mojadas. Que el roce de cierta planta puede darte piquiña, o causarte salpullidos. Que un perro muerde, y un gato rasguña. Y si no te fijas bien dónde caminas, resbalas, caes y, se resienten tus posaderas, y se raspan tus rodillas.

Cometimos travesuras, dimos volteretas e hicimos croquetas desde la cima a la meseta. Nos deslizamos en la arcilla, nos embutió la arena movediza, nos mojamos con la lluvia y guarecimos las tormentas, y también nos escurrimos entre riscos y malezas.

Adentrados por los sendos veredales y la espesura silvestre, jugamos muchos juegos. Al escondite, al sube y baja, armar y a desarma la carpa de acampar, hacer con una cuerda atada a dos árboles un balancín muy alto, o a encender y apagar una hoguera y dónde hallar los bermejos morales y las fresas.

Andando por caminos de herraduras, pasamos por estaciones de antiguos arrieros, harineras, ladrilleras, fábricas abandonadas de jabón de la tierra y también colados entre potreros de reses y gallineros, arribamos a la finca de nuestra propiedad, situada en los cerros de la ciudad.

En El Alto, decía mi padre, se congelan los pecados, por decir que el frío es intenso. Era feliz con su ruana hecha de lana virgen de oveja. Cierta magia misteriosa te envuelve cuando tocas la alfombra hecha de pasto con los pies descalzos. Es como si algo te aproximase a un inmenso cielo, te deja absorto y te eleva. El espectáculo natural es absolutamente majestuoso, indescriptible… permaneces allí como si el tiempo y el espacio no existiesen…, el silencio te apacigua y permaneces allí sin pensar, en actitud meramente contemplativa.

Al anochecer, desde la cima, -tal como reza la letra de la canción-, bajo la *"lunita consentida colgada del cielo como un farolito que puso mi Dios"*, se extiende un manto verde oscuro, un pesebre adornado por luces estelares, junto al pequeño rebaño de ovejas, unas cuantas vacas – en la madrugada, nos regalan su calostro calentito, recién ordenado-, un caballo, dos perros, y, el aire fresco que penetra, con olor a pinos y a cápsulas leñosas de frutos secos de eucalipto. Según los entendidos, este árbol del que se extrae el mentol, es antiinflamatorio, expectorante, antioxidante y depurativo.

En estos parajes paradisiacos es fácil que los adultos y niños quieran jugar toda suerte de juegos. Surgen espontáneamente, con cada ocurrencia, entre risas, y marcan pautas de comportamiento, que se van incorporando con naturalidad en los estilos de vida. Es por ello que, al recordar, revivo sentimientos y emociones con verdadera añoranza.

Es que la naturaleza y los juegos, imparten enseñanzas obvias porque corresponden a lo connatural del ser. Sobre la necesidad de amar y respetar la vida cualquiera sea su forma de expresión. Los valores que cimentamos en familia, nos guían y conducen en todas las etapas en la búsqueda constante de la perfección. Los valores son el motor, el impulso para avanzar en los instantes de incertidumbre y de caos.

Así como la felicidad no se define, sino que se experimenta, se puede decir que el único antídoto para superar momentos de dificultad, es el amor. El amor a la naturaleza, a la pareja, a los hijos, a los ideales, a las creencias. Porque el amor se identifica, es coherente y, da sentido a la existencia. Es el vínculo de afecto que nace de la valoración del otro e inspira el deseo de su bien. Enamorarse, de verdad, es descubrir en el fondo de cada uno, esos tesoros escondidos que se revelan cuando quieres verlos. El amor da alas para conseguir cualquier cosa. Cuando sabes, por qué y para qué te levantas cada mañana, es el que da motivos de alegría a tu vida.

En cambio, cuando son las cosas y las apariencias lo que mueve tu día a día, los placeres son ilusiones de momento, que detrás trae la culpa, la tristeza, la pesadumbre, la desidia, el mal humor, la depresión.

Con pocas cosas, las suficientes, aprendimos junto a ellos que es necesario vivir instalados de manera equilibrada en el presente, superar las heridas del pasado y mirar con ilusión al futuro. Y en eso las visitas a la madre naturaleza, y los juegos, se hicieron imprescindibles.

La Vuelta de los Adioses, en las afueras de la ciudad, era otro espacio abierto de predilección para nuestra madre. -allí, las corrientes de aire puro fluyen con fuerza, penetra en mis pulmones y hacen que mi corazón bombee al ritmo que debe -decía-.

Respiraba mejor, exhalaba y, al tiempo liberaba la rabia y el agobio que le asediaban cuando el mal intentaba remitir. De regreso a casa, sus grandes ojos azules brillaban, se la notaba despejada, más radiante, y presta a poner en acción sus proyectos de vida.

El juego, sentó las bases para el desarrollo de nuestras competencias sociales y emocionales: El respeto al otro, a forjar vínculos de respeto y empatía con los seres vivientes; a compartir, a negociar, a resolver conflictos y a desarrollar la capacidad de autoafirmación. Las actividades que desarrollamos en familia y luego con nuestros amigos, despertaron en ella la necesidad de desafiar y vencer la enfermedad y/o transformarla en una oportunidad para medir su capacidad de fortaleza. Espantaba la fatiga poniéndose rápidamente de pie y con los brazos arriba de la cabeza, abajo, a los lados y hacia atrás, recitaba animadamente: *"arriba las manos, afuera pereza, que, trabajando con ilusión, siempre tendremos fuerza bastante, para sentirnos llenos de amor"*.

Culminó los dos últimos años como docente bachiller en la Escuela Normal para Señoritas, donde era imposible que las mayores de 18 y además casadas pudiesen hacerlo. Después ingresó a la Universidad con compañeros menores y solteros. Disciplinada en rigor, aplicó con excelencia durante toda su carrera académica, haciendo caso omiso de las burlas, sornas y crueldades de algunos.

Sabiéndose suficientemente preparada, se dio por entero, a la asistencia profesional y a la solidaridad social. Obtuvo el grado en Psicología y Pedagogía Social, se doctoró y realizó un PHD, y fue distinguida como la mejor alumna. Se hizo necesaria y valiosa en el medio profesional, y sacó avante casos clínicos que parecían no tener esperanza. Dio guía y orientación a mayores, jóvenes y niños con toda suerte de discapacidades, o con problemas de adicción, y a depresivos con tendencias suicidas. Conoció y sacó avante a cientos de enfermos. Personalmente pude presenciar el caso de una niña que rondaba los diez, cuyos brazos le habían sido amputados. Ella claramente satisfecha, agradecida y orgullosa, le mostró sus dibujos. Estas realidades superadas, eran también su propia terapia. Poder ayudar y ver resultados, era su mayor recompensa. Se sentía realizada y feliz.

¡COMO ORDENES MI AMOR!

"Todo está determinado por fuerzas más allá de nuestro control. Todo está determinado para el insecto como para la estrella, seres humanos, vegetales o polvo de estrellas, todos bailamos al ritmo de una melodía misteriosa tocada a lo lejos por un flautista invisible". Albert Einstein hablando a Paul Dirac y Esther Salaman

El *Páter* familias en la antigua Roma, era la persona -hombre- que tenía la potestad y el dominio legal y patrimonial de cada uno de los miembros que la componían.

Los países Latinoamericanos no escaparon de ese particular enfoque de conformación de sociedad patriarcal, debido a la influencia determinante de las culturas colonizadoras, a su vez impactadas por otras tantas, que también les colonizaron.

Nuestra cultura es el reducto o el sumun de muchas tras culturalizaciones, porque desde que el homínido fue *homo habilis*- especie homo más antigua de nuestro linaje evolutivo- y luego *homo sapiens sapiens* -hombre actual-, transmutó en dialéctica constante de peregrinajes e intervenciones personales y ambientales, por lo que cada mapa del genoma humano, el ADN que marca a cada individuo, comprende una mixtura de etnias y de *modus vivendi.*

Como ser racional, migrante y gregario, a su paso deja huella de sí, al tiempo que recoge nuevas vivencias de los espacios por él intervenidos; aún hoy y en el futuro, seguirá haciéndolo, y cual polinizador, llevará y aprehenderá lenguas, creencias, expresiones, culturas, costumbres, enfermedades, herramientas, innovaciones, formas de gobierno, estructuras organizativas y en

31

general todo, cuánto es parte integral de su ser y de su existir. Y es un ciclo recurrente bien, movido por el impulso de sus instintos de pervivencia, de procreación, de realización personal y de cuidado, o según sea el enfoque de la ciencia que estudie su comportamiento, impulsado por condiciones o factores climáticos, intereses expansionistas, motivaciones religiosas, políticas, económicas, de explotación, de innovación, de tecnología, etcétera. La mujer participa del trance, pero pareciera que conforme avanza, sufre la reversión contenida en la esencia misma de lo que se ha hecho histórico en ella, un legado cultural atávico, injusto, que le ancla o le ata irremediablemente a un segundo plano, aunque existe evidencia de su grandeza y empoderamiento en la antigua cultura espartana.

Pamplona, mi ciudad natal, no escapó de ese determinismo arcaico. La mal entendida caballerosidad o galantería, instaló una frase que, a fuerza de repetirse en una sociedad conservadora y mojigata, afirmaba que era ley natural, que "detrás de un gran hombre, existiera una gran mujer". Esta afirmación nada tiene de ley, y tampoco de natural, porque los géneros humanos no son siameses, ni muñecos ventrílocuos, sino seres individuales, con características racionales y físicas, únicas y específicas.

Sobre el importante papel protagónico masculino en cualquier ámbito, la embaucadora falacia va más allá. De la sociedad santandereana se afirma que allí rige el matriarcado, porque la última palabra, es sentencia emitida por ella, y no sobra quien a renglón seguido cuente el chiste flojo de que "el hombre manda, pero la mano al bolsillo", como poniendo de relieve que el macho productor se pliega dócilmente a las exigencias recurrentes de una mandona mantenida. Este juego de palabras encajonado en la mente del colectivo, es la trampa domesticadora; una reafirmación insuperada, del rol paternalista inoculado de antaño, y que nosotras repetimos como si se tratase de un halago-atributo.

La verdad es que, durante la época colonial, - de la que en la actualidad persisten rezagos graves por resolver -, aunque las

Es entendible que la caudillo - si la re encarnación existiera -gustosa sacrificara la vida tantas veces como fuese necesario, hasta lograr que pueblos evolucionados, fijaran en sus fisuras cerebrales, el chip de la libertad como don natural, que, no debe coartarse o limitarse. Porque es crimen de lesa humanidad atentar contra la esencialidad del ser. Y sí, que ha sido difícil lograr que los individuos de cualquier género, asimilen ese proceso de autoconocimiento, porque es valor supremo que dota a la especie de razón para elegir bien.

El 8 de noviembre de 1967,- el treintavo presidente de la República de Colombia-, Carlos Lleras Restrepo, tuvo la "gallardía" de reconocer el crucial aporte de la Heroína y, dispuso fijar que, en adelante, cada 14 de noviembre sería exaltada su labor, en el día de la mujer.

Entre las mujeres que recibieron este merecimiento, se encuentra Doña Carmen Lucila Sánchez Cámaro, mi madre, como paradigma de superación y de resiliencia y, por su encomiable labor de apoyo y orientación profesional con discapacidades y cualquier tipo de trastorno.

Pese a que, como quedó visto muchas damas antes, destacaron en el campo castrense y en la inteligencia militar, es apenas hace una década, que una mujer colombiana recibió el primer ascenso como General en la Fuerza Pública.

El libertador Simón Bolívar, pudo haber hecho justa incorporación de todos sus nombres y hacer mención individual de cada una, por su eficaz acompañamiento en la Gesta. Rendir tributo a su memoria, a su valentía e irrefutable coraje, y en especial a la ecuatoriana Manuelita Sáenz, conocida como ¨La Libertadora del Libertador", su leal compañera.

En los anaqueles de la historia se ha dejado sentado, que el esposo de la General ascendida, a su orden de romper filas, con saludo militar señaló: "Como ordene mi amor!".

Desde luego el hecho suscitó las carcajadas de todos los presentes y, fue motivo de guasa durante mucho tiempo. ¿Pero, qué habría sucedido, si el dislate hubiese ocurrido a la inversa, además un par de siglos atrás?

Ha llegado la hora de escribir la historia de la mujer, con la mano propia que dirige la pluma desde la razón, la verdad y el coraje. Que cada frase sea legible, clara, inequívoca, contundente, y que honre la verdad. Este legado de memoria ha de contextualizarse desde cualquier área del conocimiento, llevando aparejada una misión, un propósito, o vocación de servicio, siempre para el bien de la humanidad.

Todas las generaciones venideras, en especial las mujeres, debemos sentirnos orgullosas de serlo; de cumplir un proyecto de vida con una personalidad libre y ampliamente desarrollada. Salir del letargo en que se le ha sumido, liberarse de las redes esclavistas que las quieren fatuas, pusilánimes o conectadas al mundo consumista tan amplio, como castrante, es un desafío que vale la pena afrontar. Si la mujer se salva a sí misma, podrá rescatar a sus hijos, y a todo semejante que caiga subyugado por sinnúmero de trampas que atrapan y someten la voluntad y la conciencia.

Las generaciones nuevas deben recibir el testigo para reconvenir el mundo a la sensatez, a la cordura y a la dignidad. No hay límites, ni obstáculos que puedan impedir que, junto al hombre, -nunca detrás-, cumplamos la tarea de hacer de nuestra especie, seres racionales con capacidad de reflexión y de auto crítica, de resiliencia y de recuperación. Urge que entre todos salvemos nuestra casa, el Planeta Tierra, y todo ser viviente que, sabiamente contiene. Todos constituimos un pequeño universo que podrá sobrevivir, si practicamos el respeto, la empatía y la sana convivencia.

ESPEJOS Y NEURONAS

"La vida no se hace más fácil o más indulgente, nosotros nos hacemos más fuertes y resilientes" Steve Maraboli

"El puente está quebrado, con qué lo curaremos? con cáscaras de huevos…"

" Aserrín, aserrán, los maderos de San Juan, piden pan, no les dan, piden queso, les dan hueso, piden vino, si les dan, se marean y se van… "

"En la granja de mi tío, ia, ia, ia ,o ,hay patitos que hacen cuac…"

Eran rondas de juego que, en rueda, o en fila, cantábamos con la tía mayor, siempre alrededor de los dos bebés. - Mi hermano y mi tío- . Era nuestro aporte de colaboración con la abuela- que según nos decían-, estaba siempre cansada de atender a tantísimos comensales. Los mayores- el cura y el abogado, que trabajaban cada uno en sus respectivos púlpitos. El primero, en la iglesia, y el segundo, en el ayuntamiento. Las dos universitarias volantonas, que cantaban y tocaban guitarra, estudiaban y salían al cine con sus novios. Los seis más jovencitos iban en masa al colegio, mientras las mellizas de un año y nosotros, los nuevos huéspedes, que desconocíamos el mundo escolar, jugueteábamos con amigos imaginarios, hablando cosas en un idioma que, conforme crecemos, solemos olvidar.

Debilitada hasta la última célula de su cuerpo, costaba respirar, y la marcha era cada vez, más farragosa. El médico no aventuró nada sobre la etiología de su enfermedad, pero la dio por desahuciada. En un rincón de la sala, sentencio a mis abuelos y a mi padre: No vivirá más de dos meses. Los vi mirarse en silencio, muy perturbados, estremecidos por la infausta noticia.

Mi padre sacudió la cabeza, respiró profundo, fuerte y, exorcizó la sola idea. Resoluto, sin consultar a nadie, empacó nuestras cosas, la envolvió en la manta palo rosa. Sin decir una sola palabra, la abuela que lo entendió todo, embutió alimentos cocidos en un porta comidas y, preparó unos cuantos biberones. -Vas a volver conmigo y yo voy a cuidarte, y también a éstos tres hijos, por quienes tienes que vivir-. Le dijo casi ordenándole. Ella asintió sin contradecirle, porque ni para eso, las fuerzas le daban. Los abuelos bendijeron su partida, y nunca dejaron de visitarla.

Llegamos a casa, y a decir verdad para nosotros fue como que se iluminase todo. Mi hogar olía al frescor de la mañana, había rosas rojas por todos los rincones y, todo parecía más grande y esplendoroso. Yo corría y gritaba por todas las estancias, extendiendo mis brazos lado a lado para abarcarla. Tras mí, los otros dos, hacían lo mismo, imitando mis gestos.

Subí la escalera a toda prisa, a la camita donde mi primera muñeca me aguardaba, y le susurré en secreto: "mami está enfermita pero pronto va a recuperarse". Esto fue después de que el sacerdote la ungiese con un aceite para darle la extremaunción. Fueron muchas sus visitas y también los sustos.

Una señora algo mayor, limpiaba, cocinaba y nos daba de comer. Después de hacer las camas, la ayudaba a asearse y a vestir. Debidamente arreglados, nos llevaba a su cuarto donde ponía música o relatos infantiles, o nos enseñaba a jugar dando palmadas al "tin Marín del do pingue". Teníamos ocurrencias y hacíamos pilatunas y con un boli sobre un cuaderno de rayas, se esforzaba por mantenerlo entre los dedos y trazar la a y la o.

Al caer las tardes, esperábamos ansiosos en el portal de la casa, a Nacho, diminutivo de Ignacio -como lo llamaban sus amigos-. Era motivo de gran regocijo. Corríamos hacia él, y nos contenía con fuerza, mientras afirmaba que nos extrañaba. Entonces agarrados a su chaqueta, como perritos falderos, íbamos hasta donde ella se hallaba, esperándole con idéntica ilusión. La piropeaba y besaba, le contaba las peripecias del día, mientras se

EL ETERNO FEMENINO

El seno es el lugar donde seres queridos, niños y animales se acogen.

A dos centurias y media, desde el siglo de las luces hasta nuestros días, se da comienzo a un nuevo periodo que podría denominarse "de la globalización digital, la tecnología e innovación, y el renovado interés por la conquista espacial". Pero también de la Pandemia, del cambio climático, de una guerra europea, que la estupidez de unos cuantos, podría llevarnos a una confrontación mundial de mayor envergadura con consecuencias impredecibles.

No obstante, sigue siendo motivo de asombro que, en el mundo, una que otra mujer destaque en la NASA, o lleve la mentoría del Banco Mundial, o brille por su ingenio piloteando una aeronave, o descubra algún planeta desconocido, o haga inventos científicos que facilitan la comunicación, o que encuentre soluciones o descubra tratamientos a enfermedades incurables, o que gane premios nobel, o que un equipo femenino gane el mundial de futbol.

Es decir, que ha costado que las sociedades vean en nuestro género, no la belleza, no su fragilidad o sus atributos físicos, o sus "sacrificios" como madre abnegada o esposa fiel, sino que se le destaque como decisiva coequipera y/o protagonista responsable, por tantos logros y alcances obtenidos en lo extenso del planeta y en todos los tiempos, en las distintas disciplinas del conocimiento y del saber humano.

Las sociedades primitivas de cazadores recolectores, eran igualitarias, y la mujer participaba de prácticamente todas las actividades de la tribu, como de la caza y la recolección de alimentos, y las primeras representaciones simbólicas de deidades primitivas, se referían a los atributos femeninos relacionados con la procreación.

51

Muchos expertos atribuyen a las mujeres descubrimientos como el control del fuego y protagonismo en la construcción de estructuras de comunicación social y de la expresión verbal, así como inventoras de utensilios de piedra y, de procesos culinarios. Llevaban una vida activa como productoras en las sociedades horticultoras. Con la domesticación de las plantas y de los animales, y la aparición de la agricultura como tal, las sociedades se volvieron más sedentarias, y numerosas, por lo que se requirió de la fuerza del hombre, mientras la mujer fue relegada a labores del hogar.

En todas las culturas prehistóricas euroasiáticas la potencia creadora y procreadora del universo, fue representada en una figura de mujer, y su poder generador simbolizado mediante atributos femeninos. Hesíodo en su teogonía dejó escrito que de la realidad indefinida y originaria llamada Caos, surgió por partenogénesis -sin la participación masculina-, primero Gea, la Tierra, y luego tártaro, las profundidades del infierno, Eros, la fuerza generativa, Erebo, las tinieblas, y Nyx, la noche. Estas fuerzas primordiales, fueron atributos exclusivos de la diosa ancestral. Esta misma divinidad femenina, engendró a partir de sí misma a Urano, con quien posteriormente hizo pareja, y dio origen a la inmensa mayoría de los dioses, entre ellos Zeus.

Desde que el humano empezó a cazar, domesticó plantas, y recolectó frutos para alimentar a su especie, la mujer estuvo allí, coadyuvando a su compañero en esas labores de pervivencia. Ha estado en las definiciones prioritarias de la existencia humana y, en la resolución de los grandes dilemas.

Mientras el hombre lidiaba con los asuntos bélicos, -las invasiones, las conquistas y las guerras-, la mujer preservó la unidad familiar, núcleo originario de las sociedades.

Enfrentó y padeció los atropellos, abusos y violaciones de los bárbaros de todos los tiempos y latitudes. No desfalleció jamás y puso a prueba su temple cuando defendió, cuidó, curó y dio consuelo a los huérfanos, heridos y mutilados de las incontables batallas: La primera guerra, llamada Guerra Mundial, empezó el 28 de julio de 1914 y finalizó el 11 de noviembre de 1918. La segunda guerra mundial empezó el 1º. de septiembre de 1939 hasta el 2 de septiembre de 1945. Pero es larga la lista. La de Corea en el 50, el ataque de Pearl Harbor en 1941, la operación Neptuno del 44, los bombardeos atómicos del 45, la batalla de Stalingrado en el 42, la de Ardenas en el 44. Y así, tal cual, venimos discurriendo en la casa mundial cual bárbaros quizá a intervalos, redimidos por la ciencia o el arte. Al fin recaemos, perdemos la racionalidad y nos bestializamos. Tan cierta es esta afirmación que, una tercera guerra asecha a la Humanidad, porque algún narciso con pretensiones de emperador, tal como en su momento lo hicieron Nerón, Calígula, o Hitler, amanecerá con ganas de incendiarlo todo.

La pandemia del COVID 19, y las mutaciones subsiguientes, fue superada gracias al decidido soporte conjunto - femenino y masculino-, para conjurarlo desde todos los frentes: La ciencia, la medicina, la asistencia social, los laboratorios, las asociaciones de alimento, de solidaridad, de higienización, etcétera.

A la mujer le preocupa y le duele el calentamiento global, las adicciones de niños y jóvenes, la pérdida de biodiversidad, la contaminación, el agotamiento de recursos, las diversas formas de explotación, los tráficos de armas y de venenos, la trata de personas, la corrupción, el desmadre de valores, la deshumanización, la superproducción y el consumo de cientos de cosas inútiles.

Incontables y desconocidas heroínas, sin insignias, ni bandas de honores, sin reconocimiento o compensación, desde la noche de los tiempos cada una, con capacidad de acción y empuje, han venido arrebatando al invasor esclavista, el látigo domador y el disfraz con el que oculta sus intenciones – en cada época y espacio de la tierra reaparecen-, exponen sus vidas, e instan a las masas a salir del letargo de la ignorancia, y a sacudirse el desprecio y la sumisión. Sin ambages, ni treguas, contradijo el discurso baladí de humanos prepotentes que defendían la superioridad de los hombres sobre mujeres.

Ellas reivindicaron el derecho a libertad de todos sin distinción, ese sí, por naturaleza otorgado, pero al que se puso límite hasta donde comienza el derecho del otro, y fue acuerdo imaginariamente suscrito y recogido en la Declaración francesa de los derechos del hombre y del ciudadano de 1789.

Las impulsoras proactivas, las dinamizadoras de anhelos, las reivindicadoras de la dignidad de todos, recibieron como compensación a su osadía y brillantez, algunas, condena como criminales de "lesa Majestad", otras fueron tildadas de herejes, brujas o hechiceras y luego era conducidas al cadalso para su ahorcamiento o fusilamiento, o para arder en hogueras, no sin antes ser obligadas a aceptar las falsas imputaciones de los horripilantes Tribunales de la inquisición, o del "Santo Oficio". Y como tal encarnizamiento no fuese suficiente, aquellos ordenaban que los nombres de las féminas fueran borrados como si jamás hubiesen existido. Así el colectivo olvida, aplaude y favorece los aberrantes actos.

Las mujeres disruptivas de antes y ahora, inobjetablemente merecen un espacio en la Memoria de la Humanidad. Su gesta ahorró el dolor y humillación apresurando cierre de ciclos opresivos para reclamar los derechos fundamentales, finalmente reconocidos por la legislación universal.

Es que la perspectiva de género impacta a mujeres y a hombres sin distingos y, beneficia al conjunto de la sociedad. ¿Por qué? porque remueve obstáculos, establece condiciones equitativas y, releva de cargas al hombre que muchas veces también pueden ser excesivas e injustas.

Por manera que nunca atrás de un gran hombre, sino junto a él, para que mutuamente, uno y el otro, según sean las circunstancias, se sirvan de guía y soporte.

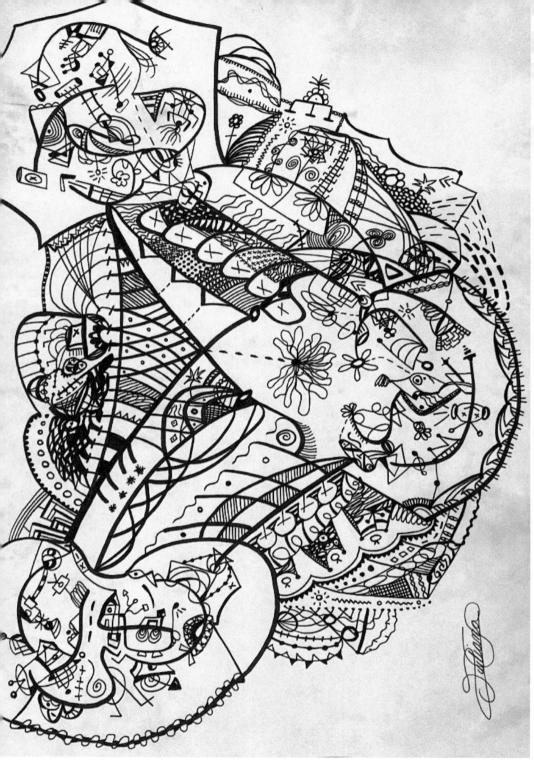

EL JUEZ

"La paz no es la ausencia de guerra, es una virtud, un estado de la mente, una disposición a la benevolencia, la confianza y la justicia" Baruk Spinoza

A carcajada suelta narraba a sus contertulios que cuando le trasladaron de un municipio otro, echaron pólvora la noche entera hasta el amanecer. ¿El motivo del festejo en el entonces pequeño caserío? La partida del incorruptible Juez, que puso fin a los desenfrenos de cuatro ladrones que asolaban a los lugareños. Los ex convictos estaban felices porque creían podrían retomar sus andanzas.

El Tribunal del Distrito había dispuesto hacer el nombramiento de un juez para resolver los recurrentes actos vandálicos que impunemente ocurrían en la zona, y mantenían en continua zozobra a sus habitantes.

Los malhechores hacían intrusión en los ranchos humildes y sustraían mediante amenazas e intimidación todo cuanto cupiese en sus alforjas: Enseres de cocina, de cultivo, huevos, animales vivos como conejos, gallinas y hasta chivos. No contentos con ello, arrancaban de tajo los cultivos de cebolla, papa, lechugas y calabazas, y bebían de los cántaros de leche recién ordeñada, frente a las desorbitadas y temblorosas pupilas de los campesinos, las mujeres y los niños, a quienes fustigaban con escopetas largas de fisto.

Para la época, así como tampoco los dentistas habían pasado por una universidad, no era menester que Su Señoría hubiese sido doctor. Bastaba con que demostrase comprobada experiencia o práctica en el área y probidad y honorabilidad, es decir, una conducta moral intachable.

El fallador había sido inspector de policía durante varios años y, enterado directamente por el Tribunal de Justicia y luego por cuenta de los propios afectados, sobre las reiteradas denuncias y las súplicas de los lugareños de poner coto al asunto. Entre quejas y lágrimas, dieron cuenta al ilustre visitante que diario eran víctimas de recurrentes atentados, sin que nadie velase por impartir justicia a aquellos maleantes que actuaban sin Dios ni ley.

Algo escaldado por causa de la cabalgadura, tras visitar a cada afectado en su predio, acompañado tan solo de un vigilante, pidió al alcalde -regidor del ayuntamiento-, incrementase en número la policía local. Así montó guardias, retenes de seguridad, de día y de noche. Cumplido lo anterior, ordenó hacer sigiloso seguimiento mientras compilaba pruebas de cada asechanza y botín sustraído, hasta descubrir el escondrijo y las identidades de los facinerosos. Abundando en evidencias suficientes, logró pescarles en flagrantes actos sucesivos, y tuvo fundamento legal y probatorio para fulminarles una condena de varios años de prisión, que luego descontaron, porque siendo analfabetos, habían aprendido a leer y a escribir, pero nada más.

De tal manera que, retornado el sosiego, la tarea del Juez se entendió cumplida. Y como si de un ascenso se tratase, el alto tribunal le transfirió a un poblado con una problemática delictiva más compleja, lo que desde luego le implicó desafíos y riesgos de mayor envergadura, pero nada de aumento de salario. Sin embargo, para el funcionario cabal, le bastaba la satisfacción del deber cumplido.

Su traslado coincidió con la puesta en libertad de los penados. Una vez USIA recibió la serenata del pueblo en señal de gratitud, y se despidió de cada uno, como miembros de una gran familia mientras los maleantes se escurrían en las riveras del río y permanecían agazapados entre los hermosos abedules y la dormida noche, hasta asegurarse de su partida. Entonces libaron licor hasta el hartazgo, gritaron arengas de abajo el juez, lanzaron cohetes y derrocharon pólvora en cantidad e intensidad de ruidos, al punto que no se percataron que, el pueblo permanecía unido, vigilante y, acompañando a la guardia civil. En paciente espera, contemplaron el penoso espectáculo incluso con algo de tristeza, porque no habían escarmentado. Fue más pesaroso verlos caer por el peso de su propia insensatez, embriagados, cada vez menos eufóricos, pero siempre lanzando improperios y haciendo amago de repetir mezquinos procederes.

No había asomo de culpa, ni una pizca de arrepentimiento, pero era evidente que algo en el ambiente había cambiado de manera rotunda: El miedo, el espanto, el terror, habían desaparecido. El rechinar de dientes y las vociferantes promesas obtuvieron por respuesta un solemne silencio de serenidad y de unidad de propósito.

La voluntad del pueblo se hizo manifiesta y era irrevocable. Nada, ni nadie habría de derrumbar la solidez de criterio unificado en torno a preservar el equilibrio y la paz que con esfuerzo e ilusión habían logrado construido de consuno. "Cuando el gato no ronda, los ratones hacen fiesta". Pero qué desacierto cometían, Cómo podían seguir creyendo que los campesinos estaban todavía dispuestos a auspiciar su holgazanería y encono. ¿Acaso no se habían percatado de que ya nada era como antes? Con "dos palmos de narices" quedaron al comprobar que jamás podrían intentar hurtar una aguja, sin recibir un merecido castigo.

Durante el tiempo de su permanencia en la cárcel, las autoridades civiles habían preparado a los pobladores del lugar para unirse contra el hampa y a cooperar entre sí, de tal manera que pudiesen adelantarse o prevenir hechos similares en un futuro y, al tiempo evolucionar con el aprovechamiento inteligente de todos los recursos naturales y humanos a su alcance.

¿LA RAZON, UNA UTOPIA?

Surgió entonces una forma de vivir con sentido intuitivo, solidario, diseñado a pulso y con tan incorruptible tejido de valor humano, que sólo puede cimentarse en una voluntad férrea indeclinable. La relación sanadora entre sí y, con la naturaleza, comenzó por el auto conocimiento, y del otro, y de su entorno. Desvelaron estupefactos que su existencia privilegiada, el bienestar y equilibrio, la armonía, dependía de un propósito colectivo: En adelante antepondrían la racionalidad a la brutalidad, el compañerismo y respeto mutuo al egoísmo. Empezaron con pequeños actos, y vieron que les dio libertad, les ahorró energía, padecimientos innecesarios que por contrapartida en aciaga hora traían las malas tendencias, y aquellos hábitos nocivos que indudablemente ponían en riesgo y perturbaban la sana convivencia.

Por ello, cual abejas en colmena, organizaron los caminos de herradura, comunicaron e iluminaron las vías de acceso de modo que fuesen seguras, cambiaron el curso de las aguas de tal modo y manera que, todos tuvieran acceso a ellas y entonces también velaron por mantener los nacimientos y los fluentes, prístinos y aptos para el consumo.

Poco a poco limpiaron su casa, y dejaron entrar a doña amabilidad y a la señora cortesía. Abruptamente desaparecieron las piedras del hambre y en su lugar, todos los recursos sustento de vida surgieron florecientes, trayendo jugosos frutales, y el verdor de las plantas, de los árboles, y los tubérculos bajo la tierra se ofrecieron a ellos, y fue esplendido el escenario a sus sentidos.

Maravillados idearon una economía de sano intercambio, no para hacer negocio, sino para cubrir las necesidades de todos. Sin percatarse, descubrieron habilidades y talentos hasta entonces desconocidos y, cada cual ofreció voluntario su grano de arena. Y así, según capacidad y edad, repartieron tareas y roles, y hallaron que crear y compartir para hacer el bien, trae más que satisfacción, una alegría desbordante; más que una alegría desbordante, cierta felicidad diferente, a tal grado hermosa, como profunda y duradera.

Manos a la obra, limpiaron los escombros, separaron las basuras, delimitaron sus predios, pusieron cercas de abetos, sembraron hortalizas y árboles frutales. Organizaron galpones, rediles y establos y, las labores del agro fueron cada vez más ecológicas para resguardar la salud de esa naturaleza tan pródiga como generosa, y para que todos los seres vivos y todas las generaciones venideras, tuvieran el privilegio de contemplarla y aprovechar su alimento.

Cada amanecer era esperado como un regalo de gratas sorpresas... un aliciente de inspiración constante. Así, la perseverancia dio paso a la seguridad, y ésta, a la concentración y a la calma, que a su vez condujo al silencio más hermoso jamás compartido, porque finalmente la escucha entre sí, fue posible.

Solo entonces, la aportación fue prolífica. Aprendieron a esquilar e hilar, y a tejer, a mejorar procesos de elaboración de la leche, - la higienización, la hechura de quesillos, sueros, mantequillas y cuajadas. También hicieron diestro entrenamiento de los enjambres de abejas, desde cuando depositan el néctar en colmenas, hasta la extracción y el almacenaje en su buche melario donde las enzimas depuran su PH y enseguida entregan a las obreras jóvenes que, descomponen y sellan en celdas hasta que néctar, enzimas y cera se funden. Hacen falta por lo menos ocho abejas para entresacar una cucharadita del oro líquido y, un apicultor, para decantar, reposar y envasar. `Por supuesto la hechura del pan también tiene su proceso, y por ello también los hornos fueron optimizados tanto como la técnica de amasado que, cobró singular importancia. Así fue sucediendo con muchos otros oficios y técnicas de arte que, gradualmente fueron incorporándose al quehacer cotidiano.

La escuela de niños fue objetivo prevalente y cumplido, no

dentro de los muros fríos, sino que fue dispuesta en la naturaleza misma, donde las enseñanzas aprendidas por los mejores maestros, provienen de una fuente de sabiduría, misteriosamente profunda y silenciosa. Los mayores, apercibidos por su propia conciencia y el ejemplo de las abejas, sintieron la necesidad de cuidar las formas y mostrar esmero en su quehacer cotidiano, y mostrar con ejemplo a los más pequeños, pues es desde siempre, el método más eficiente de aprendizaje. El acto siempre es más elocuente que cien consejos o cien normas. Y entonces, cada uno, enmendó su rumbo.

La Casa del Mercado un magnífico centro comunal, se erigió ricamente ornamentado, con una diversidad de vegetales, frutas y hortalizas, cuidadas con impecable pulcritud desde la semilla hasta su cosechado. El fruto del trabajo conjunto, enorgulleció al pueblo entero. La preciosa gama de productos con variadas formas, tamaños, colores y aromas, les sorprendió por la explosión de sensaciones, cada vez más deliciosas y nuevas, a medida que partían, olían y degustaban.

La dicha iba en aumento y era indescriptible. Se oían risas de chicos y volantones que correteaban y jugueteaban y hacían rondas. Hasta los animales parecían participar en el jolgorio. Al final de todo, el pueblo entero se contagió de regocijo, cantó y danzó a ritmo del bambuco, el himno de Elías Mauricio Soto: *"y si al correr de tus ondas, ves que mi pecho se agita, dile a mi amor que lo alientan, las brisas del Pamplonita".*

El pueblo halló en la unidad y el respeto, el secreto del verdadero arcano de la paz. Un patrimonio invaluable del que ya no querrían nunca más separarse. Esta solidaridad colectiva compenetrada y resoluta, había edificado una muralla fortalecida de dignidad, más firme y robusta que, mil forajidos con tantos cañones. No fue necesario expresarlo en palabras, fue un pacto hermanado suscrito en la pausa del encuentro de almas.

Por eso la risa hilarante del Juez saliente. Aquel pueblo no había asistido a la Universidad, porque allí no enseñan estas cosas, tal como él mismo lo aprendió tiempo atrás, solo es cuestión de reconocer que los seres humanos son personas, que las personas tienen derecho por merecimiento natural y por tanto no debe mendigarse. Cuando vivimos en sociedad asumimos deberes y responsabilidades con las que nos comprometemos para hacerla mejor, y debemos esforzarnos en cumplir.

Para su Señoría ésta es la verdadera esencia de la justicia: Una lección de coraje y de determinación colectiva. La capacidad y la actitud humana sobrepuestas a la prueba. Las sociedades se salvan cuando muestran entereza y determinación contra influencias que impactan negativamente el tejido social celosamente construido. El delito nunca paga, ni encuentra, cuando una colectividad se alimenta de valores. El hombre que cae, es cautivo en las redes que arrebatan la dignidad humana y esclavizan conciencias y voluntades, y sus actos causas intranquilidad, desasosiego, miseria y dolor a los pueblos.

La felicidad acorde enseñanza de sus ancestros, no consiste en liberación de oxitocina por mera gratificación o complacencia instantánea, sino que puede ser real y perdura, si pones inteligencia a la emoción, - inteligencia emocional-. Es la manera, racional y consciente, de enfrentar y erradicar tantos fantasmas que deambulan y atrapan entre las calles y avenidas, y que encierran en laberintos del cortisol -estrés, horror y pánico-, que coartan, que paralizan, que anulan el pensamiento crítico y analítico, toda capacidad de gestión y de resultados y, que derrumba hasta minar la capacidad de autodeterminación individual y colectiva.

El equilibrio de la balanza es posible, si antepones el ser y el hacer y, procuras mejorar las condiciones de cada cohabitante en la tierra, pues somos células de un mismo cuerpo planetario. No existe mejor y más bella opción de sanación, que la de amar al prójimo – acercarlo a tu corazón - como si de ti mismo se tratase.

El amor y el respeto a la tierra y, a todo cuanto ella contiene. El amor es la antípoda del delito, porque hace bien al cuerpo y al alma de todos. No hay mayor ni mejor riqueza, que la que natura provee, cuando hermanamos lazos mientras apuntalamos valores.

HÉCTOR ARMANDO HEREDIA

Dedico este libro a mi familia a mi esposa Natalia y a mis hijos que me acompañan todos los días en el inimaginable camino de la vida.
También a mis padres que me cuidan desde el Cielo.

EL ÚLTIMO ROUND

La "Locomotora" Alejandra saca una de sus últimas trompadas para frenar la bravura de su oponente.

Su cross de derecha choca contra la mandíbula de su rival que ni se inquieta por el impacto.

A Alejandra ya no le quedan más fuerzas. Ha recibido la paliza más cruel de su carrera pugilística.

El combate es encarnizado y parece interminable. Sin embargo, ella prefiere morir de pie antes que caer de rodillas. Eso es lo que hubiese hecho su ídolo Mike Tyson y ella va a emularlo.

En su lugar, otros boxeadores hubiesen deseado que la toalla del rincón se aviniera sobre el ring y pusiera fin a tanto castigo.

Le sorprende que su entrenador la mantenga en combate. Ella sabe que él la quiere como si fuera su hija, pero le llama la atención su silencio; esta vez no escucha las voces de aliento que siempre le prodiga desde el rincón.

En la confusión mental en la que está inmersa, después de recibir tantos golpes, no distingue sonidos ni silencios. Tampoco la batalla le da tregua como para pensar sobre esa indecisión de su equipo.

Alejandra está tan confundida que no sabe ni siquiera con quién está peleando. Sigue milagrosamente de pie. Es muy valiente.

Tiene la cara magullada y hundida por los puñetazos que ha recibido.

En su arco superciliar izquierdo hay un surco del que brota un torrente de sangre. El corte se abre cada vez más.

Su rival golpea una y otra vez sobre esa zona crítica de su rostro. No le da respiro.

Las gotas de sangre se hacen cada vez más abundantes. Se deslizan por su cara como lágrimas de un llanto interminable. Trata de quitárselas, pero un nuevo borbollón torna inútil su esfuerzo.

Alejandra ya tiene sus dos ojos dañados. El izquierdo está completamente cerrado y además, le duele mucho.

La " Locomotora" recibe un gancho al hígado. Parece que va a caer. Su pierna derecha se flexiona y su cuerpo flamea. Tiembla. Está abatida. Sufre y no oye voces que la alienten a seguir dando lucha. "¿Qué pasa con mis seguidores?; ¿Dónde están?", se pregunta inútilmente a sí misma ya que no le es posible hallar la respuesta a semejante silencio, al que no está acostumbrado una figura de su popularidad.

Otro golpe recto sobre la sien, la pone al borde del abismo.

El final es inminente.

Toma aire por la boca y un leve alivio se dirige a sus agitados pulmones, pero la bocanada de oxígeno no le alcanza para sobrellevar su pesar. Ni siquiera puede ver la figura de quien la está atormentando.

Con un ojo completamente cerrado, el otro apenas le devuelve una figura ágil, incansable, dispuesta a matarla si es necesario.

Instintivamente, como un animal que va a ser presa de otro, "La Locomotora" quiere defenderse. Lo intenta. Despacha dos golpes al aire, débiles y tan lentos que le dan tiempo a su rival de poder esquivarlos.

Alejandra padece también el dolor de la impotencia. Como una esclava expuesta a la voluntad de su amo, busca defenderse inútilmente. No tiene reflejos, tampoco reacción ni potencia. Está hundida en la desesperación, pero quiere mantenerse de pie, erguida por su orgullo, sostenida por su coraje.

Su rival se mofa. Se ríe como los inclementes verdugos que están a punto de matar, que no sienten compasión sino sólo odio y desprecio por quienes van a ajusticiar.

Un nuevo cross de izquierda al mentón, le sacude la cabeza. Sangre y sudor vuelan por la inmensidad del aire. Otra vez tambalea y otra furiosa derecha sobre su sien, resuena como un disparo o tiro de gracia. Sus dos rodillas se doblan, quedan sepultadas sobre el piso. No escucha el conteo del árbitro y se ilusiona con seguir dando pelea.

Intenta levantarse, pero no puede. Sus piernas se han aflojado demasiado, siente bronca porque su cabeza aún ordena, pero su cuerpo ya no obedece.

Sin aliento, su cuerpo queda desvencijado, inerte, sin reacción.

Está boca arriba, jadeante, al borde del desmayo.

Quiere llorar cuando se da cuenta que está derrotada. Se siente humillada, una guerrera vencida.

Yace sola, nadie la auxilia, ni le acerca agua.

Escucha gritos de furia que provienen de su oponente quien la urge a levantarse:" Párate puta, que hoy te mato...".

No comprende por qué su rival se ensaña con ella si es una boxeadora que está rendida, que no puede seguir en combate.

Tampoco comprende la ausencia de su entrenador que siempre la ha tratado como si fuera su propia hija, no puede admitir su pasividad; tampoco la del árbitro que deja seguir la contienda cuando ya tiene un vencedor... Se siente desprotegida.

Gira sus ojos, minusválidos de tanto maltrato, y no encuentra a las personas que ella supone que deben estar allí. Ni siquiera distingue las cuerdas del ring, y el piso se siente frío, no tiene la temperatura que suelen darle los boxeadores después del trajín de una verdadera guerra. Lo percibe raro.

Sigue sobre el suelo.

Vive la agonía que anticipa la muerte.

Un repentino golpe, similar al que la Policía asesta cuando derriba una puerta, la inquieta y la libran del letargo a la que está sometida.

Una seguidilla de gritos, de voces tensas a las que no puede escuchar con claridad, la ponen alerta; pasos vertiginosos y ruidosos que se tornan cada vez más cercanos.

"¿Está usted bien? Venimos a ayudarla", le indica una voz masculina con tono elevado, pero a la vez compasivo.

La misma persona que le habla, a quien no puede distinguir

a través de sus párpados cerrados por la paliza, le indica a otra que pida de inmediato una ambulancia.

Otras dos voces masculinas le ordenan enérgicamente a su rival del ring: "¡Tú, quédate ahí! ¡Nos vas a acompañar a la comisaría!".

Alejandra, no puede ver lo que sucede, pero sus oídos le permiten seguir mentalmente la secuencia en medio del dolor que su cara y su cabeza asimilan con resignación.

Sigue muy aturdida y se sorprende porque su rival ya no festeja ni la conmina a seguir peleando. Hay silencio.

Su verdugo se ha quedado sin palabras. También sin alegría.

La ha vencido tras una épica batalla y ahora clama piedad: "Yo no hice nada, no tengo nada que ver; ella me quiso matar", se exculpa vanamente mientras las esposas le atenazan sus crueles manos.

Alejandra reconoce a la voz que está pidiendo compasión. Le resulta familiar.

La identifica una vez más por esa maldita y perversa cadencia. Es la conducta del lobo que se torna cordero y que luego otra vez recupera su instinto de bestia, sediento de sangre, que se regocija en el sufrimiento ajeno.

Es ese tono aciago, el mismo de todos los días, el mismo que después de cada paliza, le pide perdón y, acariciándole su largo cabello, la invita a hacer el amor y le dice que la ama.

Este relato está basado en una historia real. Se trata de una boxeadora que sufrió violencia de género de parte de su exmarido. Se llama Alejandra Oliveras, es argentina, y es séxtuple campeona mundial de boxeo. Es además récord Guinness por ser la primera boxeadora del mundo que obtuvo cinco coronas en cinco categorías distintas.

SOLO COMO UN PERRO

El señor Juan Pérez Gómez era un señor viejo, arrugado y, como todos lo describían en el barrio, "un tipo que oye, pero no escucha".

Vivió gran parte de su vida en un pueblo de pescadores en Cuba, junto a su perro.

En los últimos meses se lo nota amargado porque siente que la muerte lo sigue a todos lados; "que si en el bar, que si cruzando las humildes calles de Cuba, que si cuando estoy en el mercado o cuando estoy echando mis redes al mar, la muerte no deja de perseguirme", se metía estas ideas en su cabeza hasta convencerse.

También, todo su entorno lo nota de muy mal humor: "Está con mecha corta, aunque esto no es nuevo, siempre tuvo un carácter insoportable" dicen algunos.

En su lugar favorito para ahogar las penas, le gritó al bartender al tiempo que gesticulaba histriónicamente con sus manos: "¡Treinta años visitándote, siempre tomando el mismo trago y todavía me preguntas!: ¿Qué te sirvo?, terminó emulando la voz de su interlocutor burlonamente.

"¡De verdad que no lo puedo creer!", exclamó enfadado y estrelló sus manos contra la barra lo que atrajo las miradas y la atención de todos los presentes.

El camarero abrió los ojos con sorpresa y por unos segundos quedó enmudecido.

-"Perdone Juan, muchos hombres entran y salen de este

pozo, ya ni sé quién es quién" -respondió el barman calmando las aguas.

-"¿Quién es tu amigo, por cierto?", agregó el cantinero.

-"¿Quién? ¿Ése?"- preguntó Juan señalando con una mueca hacia atrás sin despegarse de la barra y de su vaso.

-"¡Ah, ése es…, pero tranquilo que a él le gustan todos los tragos, servile cualquier cosa que es muy cortés, no se quejará y te pagará lo debido!"

Juan tenía una vida muy rutinaria. Se dedicaba a pescar, a beber, a dormir y a repetir sus costumbres en un círculo cotidiano interminable.

Su círculo social se basaba en él y su perro.

Él mismo solía decir: "No tengo amigos, solo conocidos", a lo que muchos le solían responder: "¿Por qué será?".

Una noche después de haber regresado a su casa luego de haber completado su rutina diaria, su perro lo recibió con jolgorio como siempre lo hacía, pese a que él tenía un trato poco cariñoso con la mascota.

-"¡Quita viejo sarnoso, eres como yo pero peor porque ni trabajas!"- le decía al canino siempre que éste pasaba por entremedio de las patas de Juan y le dificultaba el paso hacia la cocina.

Juan tenía una relación de fidelidad con su perro; lo había encontrado tirado en la calle poco tiempo después de que su esposa sufriera un letal paro cardíaco y lo abandonara para siempre.

Cuando Juan halló al animal, tuvo un delirio creyendo que era una señal del cielo proveniente de su mujer, entonces se obligó a sí mismo a quedárselo.

Al rato de estar tranquilo en su sofá y después de haber puesto su mente al servicio de tantos recuerdos, notó que, por la ventana, detrás de la cortina, había una figura negra, con una especie de bastón que enarbolaba un cuchillo en la punta.

"¿Quién anda ahí?"- preguntó Juan, alterado, mientras se acercaba a correr la cortina de puntillas, con un candelabro en la mano como objeto de defensa, y presa de un pánico inmenso.

-"¡Ah, eres tú!, suspiró más aliviado. "Por un momento pensé que alguien me quería robar; está muy inseguro este país, peor que nunca y no, no me mires con esa cara de tonto que tienes, no te voy a dejar pasar a comer, y sí, ya sé lo que quieres, y te aviso, esta noche no. ¡A mí no me viene a buscar nadie esta noche!"

La muerte suspiró con decepción y se fue.

Al día siguiente, Juan retomó su rutina y regresó al bar.

"¿Qué pasó con tu amigo?"- le dijo el bartender a Juan, a lo que él respondió irritado:" ¿Qué amigo?".

"La muerte, veo que ya no te sigue más"- dijo sarcásticamente el dueño del bar mientras secaba unos vasos.

"Se habrá tomado un descanso de mí, ya va a volver"- contestó Juan con un tono seguro de su predicción.

Cuando Juan regresó a su casa, antes de entrar, se dio cuenta de que había dejado la puerta abierta.

"¿Me habrán entrado a robar? ¿Y si es el comisario que descubrió que le vendí un reloj falso? ¿O si es Pedro, 'El Cejas', ¿que envió un matón a casa porque le debo dinero?"- todas estas paranoicas especulaciones atravesaban la imaginación de Juan, mientras se arrancaba los pocos pelos grises que le quedaban en la cabeza.

"¡Hijos de puta, conmigo no jodan!" - envolvió su mano con las llaves usándolas como refuerzos de sus nudillos para defenderse de sus agresores y, sin pensarlo, se lanzó a la batalla evocando sus viejos tiempos como militar del ejército español.

Al abrir la puerta, vio a la muerte y una sensación de relajante alivio invadió su cuerpo y también su mente. "¡Uff, otra vez tú! ¡Ya llévame de una vez con tal de que me dejes de dar sustos!", le ordenó.

Entonces la muerte se dio vuelta y mirándole a los ojos, en forma compasiva, pero sin sentir pena por él, le respondió con voz serena y con la agudez del timbre de una mujer.

"Es que yo nunca vine por usted Juan, ni siquiera yo le quiero al lado mío", le anunció con frialdad y sin preocuparse por el daño que pudiera hacerle.

Al lado de ella yacía en el suelo la mascota de Juan, en un eterno sueño lleno de paz.

Coautores: Héctor Heredia y Martín Heredia.

Entre versos y estrofas….

GILMA LUCY CÁRDENAS

ARREPENTIMIENTO INÚTIL

¡Nunca más!
No vuelvas… ni lo intentes.
No la nombres. No oses imaginarla.
No te atrevas a retener su recuerdo…
Nunca su imagen sea luz de tu reflejo.

Porque Ella era un portal de la Humanidad,
el umbral por el que traspasan las almas a la tierra,
el vientre que gesta y acuna a sus criaturas
y hace entrega incondicional, de su amor ilimitado.

Porque Diosa y Niña a la vez,
su frente ceñía una guirnalda dorada,
y pendido en su pecho, un diamante brillaba.

Era pálida su tez y sus pies tan ligeros,
que abanicos de colores y colibríes en vuelo,
danzaban con ella, un mágico allegro.

Entre velos refulgentes, nubes de cielo
y matices florales con olor a jazmines,
urdía alborozos con motitas de consuelo.

Por eso no te pido, te exijo
no vuelques tus ojos sobre ella…
no intentes aproximarte.
No la nombres. No oses imaginarla.
No te atrevas a retener su recuerdo.
Nunca su imagen sea luz, de tu reflejo.
Aquella mirada agua marina
que vaciaste para siempre, ya no es,
ahora fluye prístina, perenne,
pero es caudal de otros ríos.

Es fuente inalcanzable…
corre hacia mares distantes,
apartados de cualquier cobarde
de propensión insaciable.

Por aquellos gritos
infinitos de agonía
que inmisericorde arrancaste
de sus labios de fresa.
Por cada herida abierta,
Por la risa apagada,
Por la trémula mirada,
Por la fragilidad aprovechada,
Por el espanto y el horror,
Por tu asedio a su intimidad,
Por el padecimiento y la vergüenza,
Por las manos suplicantes...

Por el daño causado,
Por los sueños truncados,
por el sufrimiento de sus deudos,
por cada lágrima y dolor,
¡Sea tu condena recíproca!

Su padecimiento perpetuo
visitará desde hoy tu memoria
y, hará eternas tus noches.

Su imagen de clamor y miedo,
velará tus sombras.
Sus quejidos y llantos,
retumbarán en tus oídos
cual fantasmas y espantos…

Los execrables actos,
Irreversibles, inenarrables,
te serán revelados
en constante expiación.

Y no podrás contener el llanto,
ni la culpa, ni el abatimiento.
implorarás al tiempo que vuelva
pero no podrás restablecer a madreselva.

Una y otra vez andarás
el sendero de lamentos
el caer de pétalos en flor,
bajo zumbidos de hojas desmayadas.

Y aunque tu pesar sea sincero,
nunca más verás ángeles
con guirnaldas, ni diamantes,
ni abanicos, ni colibríes,
ni mariposas de plata,
ni zapatillas danzantes…
ni estrellas refulgentes;
ni a la mar, ni a la luna
en aquel hilo de plata
en el que se mecía Cupido,
mientras su pelo trenzaba.

Por eso no te exijo, te ordeno
no vuelques tus ojos sobre ella…
no quieras aproximarte nunca.
No la nombres. No oses imaginarla.
No te atrevas a retener su recuerdo…
¡Nunca su imagen será luz de tu reflejo!

LO QUE VES EN MÍ

Inmigrantes
Modelos invisibles, almas tristes, errantes,
Desposeídos, expatriados, hambrientos
Extraños visitantes, incómodos y…algo feos.

Inmigrantes
Sujetos sin rostro, ni rastro, ni historia…ni nada
Individuos, mujeres y niños
Indeterminados… hileras infinitas de autistas.
Descamisados, descalsurriados, descalzos,
De cabeza gacha y de pinta sospechosa.

Inmigrantes
Nadie los distingue. Son tan iguales…
Deambulantes sin nido, sin morada, ni techo
De mirada perdida, son torpes… ausentes.
Trastabillan, tropieza, resbalan y caen.

Inmigrantes
Sombras deambulantes que en las noches espantan,
Vagabundos sin pasado, sin medallas, ni glorias.
De lenguas imposibles, mal hablados, peligrosos,
Ignorantes de todo, sabedores de nada.

Inmigrantes
Zarrapastrosos, inmundos, mal olientes,
Descarados, tramposos, mendigos…
Peones expatriados sin derechos,
Jornaleros de a céntimo, prostitutas por decreto.

Inmigrantes
Niños brutos, indomables, salvajes,
Intrusos sin Dios, ni ley, ni patria, ni escuela.
Desadaptados. Mañosos. Distintos,
De costumbres extravagantes…muy raros.

NAVE SIN DESTINO

Migran y migran almas sin fin. Unos parten, otros llegan…
Buques, navíos, pateras surcan de mil maneras
el desolado confín.

Seres aferrándose a horizontes de esperanzas,
a caminos sin fronteras, con sueños, dulces quimeras…
ánimas tristes, almas francas.

La guerra, el oro, el credo,
el anárquico, el retorcido,
el prepotente, el clima inclemente,
la airada naturaleza, la corrupta maleza.

El usurpador de palmos de tierra,
el Juez raquítico y escuálido,
el pálido abductor, el insaciable ladrón,
el esclavista, el emperador.

Mil causas y mil motivos
lanzan al mar bravío,
a incontables inocentes,
que no doblegan la frente,
a los terribles desvíos.

En la infinidad del tiempo,
"el principito quijote"
entreteje un ropaje,
de dignidad y coraje,
macilla y tiñe dureza,

amalgama de entereza
lágrima y sudor bravío.
¡Y así viste de Almafuerte,
el inmigrante valiente!

A estribor, escudo alzado:
Alma, vida y corazón.
A babor, un ave canta:
Libertad, derecho y razón;
En la proa, el viento sopla:
Fuerza, arrojo…DIOS.

Timoneado sin destino,
el navío rojo granate,
entre azulados oleajes
y verdes cielo esperanza,
deslizase entre amaneceres,
e ilusiones a distancia.

Y el migrante en él confía,
suelta amarras, leva anclas,
mientras blande por bandera
una tela desteñida.

Así se integra a este mundo
dividido entre fronteras
es su patria tan extensa,
que el sentimiento se expande,
sin pertenecer a un punto.

Está su corazón ambulante
repartido entre dos mundos,
Pues como bien lo dijo Facundo
ya no es de aquí, ni es de allá.

¿Y LA CULPA DE QUIÉN ES?

Cuando no duermo bien,
me pongo de mal humor:
Dijo el periodista del diario
que incómodo reportaba,
cuarenta grados de ambiente.
Un poco más enojado,
mostraba arriba el tejado
y el entorno tan ardiente.
"Que el huevo se cuece solo,
que andar así, es de valientes".

La culpa es de todos, ¡señor!,
repuso más bravo el oyente.
Acaso el calor de hoy,
el gélido frío de mañana,
no era crónica anunciada
con punto y seña marcada?

Eco ambientalistas científicos
advirtieron a los políticos
que una pandemia venía, y que,
el planeta, grave fiebre sufría.

Eso es cosa natural,
minimiza el interpelado;
ocurre de tanto en tanto, y
al final, sigue siempre igual:

"El sol que varía,
la órbita que desmadra
las placas tectónicas
se mecen y descuadran,
y ni qué decir de tantas
erupciones volcánicas."

Si la ignorancia es atrevida,
la arrogancia es cosa mala.
El necio ha provocado
este efecto invernadero
que trae por resultado,
los desastres naturales
que arrasan y destruyen,
los ecosistemas vitales.

Deshielo de glaciares,
inundaciones costeras,
devastadores huracanes,
gases atmosféricos.

Especies sin deriva....
zonas fértiles, estériles,
sepulturas de natura.
¡Ecocidas sin figura!

Bosques incendiados,
animales calcinados,
glaciales derretidos...
especies extinguidas.

¡El hombre que envanece
su estupidez no reconoce!
El ecocidio pudimos evitar
pero como Santo Tomás,
"para creer, ver y palpar".

Que, si la tierra redonda es,
Que, si el cambio climático existe,
que si el impacto ambiental
y así, el descreído insiste
en que las llagas le muestren.

Más iracundo que el mar,
aquel campesino juglar
a la tierra a abrir vio
por la mano del hombre
que con saña removió
en el núcleo ubérrimo
arrebatando exudado
de savia y de mineral.

Con lágrimas y pesar
el Pagés que ama a natura
y sabe que ya no hay cura
a tan injustificable desmán,
impreca al airado periodista:

Dígale al gobernante
que yo le mando a decir
que tan sabiondo como es,
en la cicatriz de la madre tierra
puede su cuerpo entero meter.

Que ya no hay tiempo, que apure,
un cuento de contricción urge
y una generación nueva que cure.
El hombre bueno limpie, depure,
al planeta abatido, valore y recupere.

LA BUSQUEDA DEL SENTIDO

Los de norte fueron al sur,
Los del sur al norte van,
En el fondo nadie sabe
qué pretende encontrar.

El grial antiguo tal vez,
que sigiloso revele
qué oculto mágico impulso
nos mueve y, nos hace pensar?

Inexplicables motivos
en ascuas ya nos tienen!

¿Quién soy yo?, que estoy vivo,
¿Vivo?, por qué estoy vivo?,
¿Para qué vivo?, si no vivo,
¿Y si vivo estoy, por quién?

Si soy creatura creada,
¿Qué quiso de mí el Creador?
Si en evolución, especie soy,
¿Cómo es la perfección?

Y sí la perfección es mi meta,
cómo acelero y transformo,

¿y si pienso y existo, y siento,
existe el alma también?

Y qué anima el sentimiento
¿Por qué rio, por qué lloro?

¿Si el alma existe, por qué?

¿Y si muero, para qué?

¿A dónde voy cuando muero?

DUDA EXISTENCIAL

Ni bajo el cielo o el mar,
ni con nieve o con calor,
o en la noche con estrellas,
o en el día con el sol.

El sol y la luna a la vez,
no suelen aparecer

¿Qué es mejor?
la eterna primavera
o aquello que llaman Edén?

Queriendo hallar respuesta
de la duda existencial,
unos insisten, en la orilla del mar
la mente refrescar.
Otros pretenden, la razón alumbre
entre borrascas y cumbre.

…Tal vez las ansias se calmen
silenciando tantos ruidos,
y en la quietud y con cuidos
el alma del loco y el cuerdo
encuentren común acuerdo
entre tanto desvarío.

Entonces, tan solo entonces,
en la paz de su interior,
una calma voz audible
en la esencia de su ser,
le desvele la respuesta
que no ha podido obtener.

HÉCTOR ARMANDO HEREDIA

LA OBRA MAESTRA DE DA VINCI

Leonardo talló el aire a su antojo
y le ha dado una forma que sólo él puede ver.
Figura desnuda, de vivaces ojos,
ausente de carne, rehúye al placer.

El genio ha elegido un trozo de viento,
materia efímera que él nunca usó,
lo mezcla en segundos con su fino aliento
y diseña el rostro que siempre añoró.

Inventa una extraña y larga melena
con hojas de lirios, de blanco fulgor,
macilentos cabellos opacan las penas
de la sórdida herida de la traición.

Leonardo ha creado una obra imperfecta
con brisas del estío que va a comenzar,
impulso sincero de su mano selecta,
que ostenta belleza en la simplicidad.

EL RUEGO

El agua huye en el desierto del alma
donde los ángeles gimen sentados en círculo.
Suplican en vano, añoran Justicia,
invocando al Dante, oculto en el Cielo,
que horade el cerrojo del Señor del Infierno.

El árbol tiembla y acurruca sus hojas,
cuando el silencio rezonga en la herida nocturna;
la Paz respira agitada, impacienta su calma,
inquieta sus pasos, en la penumbra del alba.
Renace segura que irán a rogarle que
aquiete las turbias vivencias carnales.

La Paz se guarece detrás de la noche
que es un frágil cofre, guardián de secretos
que asoman a oscuras y no puedes verlos.

La Paz es una reina del medioevo,
virtuosa corona que acaricia plebeyos
que ceden a su encanto, con cierto recelo,
porque habrán de dejarla yaciente en el suelo.

El orbe se apiada de los ángeles dolidos
que nunca abandonan su encanto divino
y que siguen gimiendo, sentados en círculo,
que una señal apague el ardor del estío.

Imploran que la Paz ajuste sus guantes
bordados con vestigios de todos los siglos,
vivientes retazos de trémulos tiempos
que mueren a veces, pero no se han rendido.

EL ABRIGO

Al niño le han puesto un abrigo,
coraza de miel que seca espinos,
que aplaca el clamor del mendigo,
errante viviente de incierto destino.

Al niño le han puesto un abrigo,
su frágil mirada, no lo ha percibido
husmea rincones buscando testigos
que sean profetas de su recorrido.

La madre ha creado un abrigo
que escuda a su huésped en su andar.
Que blinda al que estuvo en su ombligo,
su parte extirpada por ley natural.

La madre le ha quitado a su niño el abrigo
con gráciles manos que suelen bordar
tejidos sin lanas ni hilos, que traen consigo
las borlas con llamas que espantan al mal.

La madre le ha quitado el abrigo
en horas que el alba se va a descansar
susurrándole al sol, que es su amigo,
que el tiempo ha viajado y no va a regresar.

AVATARES DEL POETA

Sufre el horror el poeta
cuando no puede hallar
el diamante de letras
en la alquimia de lodo y de cal.

Es insondable y árido el camino
que seca el agua que ha de beber,
que ciega la magia del adivino
que queda sin rima para escoger.

Pero no desespera y confía
en que algo habrá de surgir.
Paciente espera a la cría
que la madre tierra ha de parir.

Habrá un fugaz y sublime momento,
en el que evade al mundo terrenal,
sumerge su pluma hacia adentro,
¡Por fin crece un fruto en el lodazal!

HOY NO BRINDO

Perdona que hoy no brinde, amigo,
que tengo el corazón anegado,
y pudieras sentirte engañado
si levanto esta copa contigo.

¡A tu salud! Con la voz quebrada,
yo diría para complacerte,
pero prefiero mil veces la muerte
a perder tu amistad por nada.

Se brinda con sanos sentimientos
ante un amigo fiel y sincero,
y por eso hoy no brindo, no quiero
herir con lamentos, ni mentir, no miento.

Al sentir del amigo su partida
queda el corazón compungido,
en la voz se siente un quejido,
y en el alma profunda herida.

…Hoy no brindo, no quiero.

CULPABLE DE TU PARTIDA

Me culpas por permitir tu partida,
por no detener tu ira y hastío,
por no suplicar con el llanto mío:
¡no te marches, que sangra mi herida!

Y soy culpable porque me dejaste,
porque duele y sufro donde siento,
en mi corazón que es un lamento,
y en mi alma, cuando marchaste.

Detrás, solo tristeza, abandono...
y agonizando, mientras perdono,
o esperando que llegue la muerte...

Habré de sufrir que no me quisiste,
que solo engaño y mentira fuiste,
pero soy culpable por no tenerte.

HOY QUIERO DECIR

Se que algún día llegará el momento en que te olvide, aunque olvidarte no quiero. Conociendo que esta vida nada es eterno, consciente de lo mucho que te he querido y de que aún amarte puedo.

A sabiendas de que mi memoria será en algún momento un rastrojo, y antes de que ocurra lo perentorio y se olviden mis sentimientos, y mi corazón descanse en el mejor sueño, hoy solo quiero decir… te quiero.

IRONÍAS

La ironía es un arma mortal
que usan personas inteligentes,
cuando quieren burlar algunas gentes
que no entienden sobre el bien o el mal.

Cuando afirman que eres gentil y bello,
no les creas, no es lo que quieren decir,
a tus espaldas disfrutarán teñir
a un calvo que no lleve cabellos.

Y si por mucho te hablan muy poco,
cosa grande te estarán escondiendo,
que no te extrañes si los ves riendo,
es que piensan que eres un buen loco.

No te enredes en esas poesías,
nada bueno esconden… son ironías.

MÁS SUEÑOS

En mi soñar fue mía Dulcinea.
Como Tenorio, a Isabela tuve;
por las noches con Aminta anduve,
y en las mañanas gocé a Tisbea.
Como Calisto, mía Melibea.

También una Lisi, como Quevedo;
y como si fuera poco, me quedo
del cíclope Góngora su Galatea.

Del sueño quedaría la ternura
de la Elena que Neruda quiso,
sin llegar lo irreal a locura.

Ni tornar mi encierro en permiso
de volar con apacible cordura
la soledad y el verso sumiso.

NOCHE DE PLENILUNIO

Libando la miel de tus dulces labios
nos sorprendió la noche

Fue en aquel esplendoroso y
plenilunar ocaso donde nos entregamos
el uno para el otro

Tan intenso fue aquello que aún siento
el tremor de mi cuerpo junto al tuyo
trémulo y sudoroso

Tus labios gemían y gritaban de alegría
mientras yo callaba y agradecía
bajo la luna plena de aquella noche

Te sentí tan cerca y tan mía
que imaginé sería por siempre
para toda la vida

Una y otra vez volví al abrevadero de tus labios
y tu boca con mis besos sedientos
buscando tu eterna y cómplice compañía

Pero terminaba el plenilunio
la luna se marchaba
y mis ojos despertaban
luego de aquella gran noche.

¿POR QUÉ A MÍ?

¿A quién dedicas tu amor, tiempo y cuidos?
¿Quién recibe la ternura de tus besos,
la energía de tus excesos
y el silencio de tus ruidos?

¿A quién castiga ahora tu ira,
cuando al descubrir el engaño entero
de aquel que al decir te quiero
no es más que una vil mentira?

Y a mí, que de tu amor fui un preso,
que no me importó morir por eso,
de mi corazón hiciste tira,
de mi espíritu un desecho,
y de mi cuerpo solo un lecho
que no ama, no siente, ni respira…

¡Ha muerto!

PROTESTA DE UN CORAZÓN

¿Por qué insistes en hacerme sufrir?
Protestó mi corazón ya cansado,
sí ves que no te quiere a su lado,
y sin mí no te es posible vivir.
¡Devuélveme donde me han querido!

Que latir en tu cuerpo ya no puedo,
siento cada vez que más sólo quedo,
con tristeza, dolor y mal herido.

Que, si al regresar ya no me quieren,
acentuar aún más daño no pueden,
al ocupar con otro mi espacio.
Y para mí llegaría el final,
pues mi latir nunca sería igual,

y terminaré muriendo… despacio.

QUE ME SEA LEVE

Te espero como la flor al rocío,
como el niño regalo espera
al descubrir en la primavera
lo que oculta el inmenso frío.

Estaré para vivir los recuerdos,
estaré por los tuyos y los míos,
musitando variados desvaríos,
algunos locos y otros cuerdos.

Viviré disfrutando tu figura
en mí ya caótica memoria,
y si no pudiere tocar la gloria,
que me sea leve la sepultura.

SONETO

Donde antes tuve mi hogar
una casa queda vacía,
soledad y melancolía
es lo que ocupa el lugar.

No hay color, perdió su belleza,
está todo frío y seco,
y por sonido solo un eco
que incrementa la tristeza.

Ya no hay luz, todo es sombra,
queda un maldito desierto,
donde el silencio te nombra.

Donde el amor se ha muerto,
y mientras el ayer se escombra,
el mañana se torna incierto.

TE BUSCARÉ

Te buscaré, allí donde mis recuerdos te extrañan,
donde la vida me niegue tu existencia,
donde la gente te olvide,
donde ya no exista nada.

Te seguiré buscando cuando sea un imposible encontrarte,
Cuando el camino se me haga cada vez más difícil,
o cuando ya no haya caminos.

Te buscaré en mis pensamientos, en mis locuras,
en mis deseos, en mis sentimientos.
Yo sé que he de encontrarte en algún lugar,
en algún destino, aunque solo sea para decir…
que te sigo queriendo.

TE DESPRECIO

Tengo que acostumbrarme a tu compañía,
aunque no te quiera, y por demás te desprecie.
Sin formas de explicarte mi melancolía,
ni que mi corazón sucumbe entristecido.

Me agobia y atribula tu presencia,
sobre todo, durante las noches más oscuras,
aquellas donde se agota la paciencia,
mientras la espera se convierte en locura.

Ya no tengo como combatir este frío,
que provoca en mi espíritu el hastío,
al saber que tu propósito es solo maldad.

Que hoy me encuentro al borde del abismo,
habiéndome abandonado a mí mismo,
y todo por tu culpa… maldita soledad.

TE SUEÑO

Sueño con tus lindos ojos,
con tu sonrisa, tus dientes,
y con los besos ardientes
que brindan tus labios rojos.

Sueño con verte mojada,
con el dulce de tus pechos,
tus cabellos como helechos
y tu piel toda bronceada.

Sueño los mejores momentos
del amor y los sentimientos
con la mujer consentida.

Atrapado entre sus piernas
donde la pasión es eterna,
mientras se nos va la vida.

TENGO MIEDO

Tengo miedo de compartir con nadie mi agobiante soledad. Miedo de compartir mis temores, mis mentiras y verdades. Miedo a la oscuridad y a mis pesares... Es tanto lo que temo, que hasta la vida le tengo miedo.

UN ETERNO CASTIGO

Aquí, como Sísifo, que si bien no
llevo una y otra vez el peso de la
piedra, colina arriba, también me
han castigado.

Recibí como castigo la cruel condena
de navegar eternamente en las tinieblas
de tus pensamientos, sin poder atracar
en tu puerto, solo por quererte.

UN HOMBRE CUERDO

He tratado de ser un hombre cuerdo,
para que nadie piense que soy loco.
Vivir con lo que tengo, que no es poco,
y morir con lo que aún recuerdo.

Cuantas cosas sobrevivirán al morir,
eso me importa una vil mierda.
Saber que solo me cuesta el sentir,
sin pensar en que todo lo pierda.

Venga usted, si quiere ver mi cordura,
que nadie ha de estar esperando,
ni a mis recuerdos, ni a mi locura.

Venga usted, ahora que estoy cuerdo,
y no espere a que me vuelva loco,
ni a que me destruyan los recuerdos.

VEN

Si quieres disfrutar de lo que has hecho,
ven y mira lo que de mí ha quedados,
solo rastrojos de un ser olvidado,
con un corazón herido y maltrecho.

Ven, goza mis sufrimientos, mi agonía.
Ríe mientras puedas, que nada es eterno,
Aún con el corazón triste y enfermo,
quiero ver tu rostro lleno de alegría.

Ven, que la vida no acaba conmigo,
cuando termine la mía.

VERSOS DE LA SOLEDAD

Y aquí sentado estuve
en el solitario y frío huerto,
teniendo por compañía un muerto
y al amigo que nunca tuve.

¿Qué mal habría hecho? Pensé,
al tratar de buscar consuelo,
a la vez que me pregunté
si merecía estar de duelo.

¡Señor, de amigos no privarme!
Le pedí al que todo lo puede,
que mejor conmigo se quede,
antes que sin amigos dejarme.

Pero con algún fallo vengo,
que Dios mensaje ha enviado:
por compañía puso un finado
y al amigo que no tengo.

Y de tanto caminar cansé,
sin comprender lo divino,
quizás producto del vino
o de mi tambaleante fe.

Más hoy, sin deseos de andar,
con poca menos cordura,
voy tratando de encontrar
compañía en mi montura.

Y en ese eterno ritual,
con mi alma en pena anduve,
que ya un muerto me es igual
al amigo que nunca tuve.

VERSOS DESORDENADOS

Perdone usted señora si al hablarle
inoportuno su café,
galleta o té,
que comparte con su amigo.

No es mi intención molestarle,
solo quiero recordarle
que mi corazón le reclama
apagar pronto la llama
que aún lleva consigo.

No logro mitigar la tristeza
al ver su peculiar belleza
ceder al ostento y la lisonja,
cuando fue usted conmigo una monja
y yo para usted un mendigo,
sin ambición ni riqueza.

Devuélvame mi tesoro,
mismo que ya no arde en su pecho,
ni en su mente, ni en su lecho…
lo necesito y lo añoro.

Sepa que era cuanto tenía,
sólo amor y melancolía,
vergüenza, orgullo y decoro.

VUELO DEL ALMA

En la celosía del alma despojada,
del amor, en un acto justiciero,
guísale enmendar Dios, de primero,
la agonía del alma acongojada.

Abriese la jaula, y empeñada,
púsolo alas al inmenso sueño:
encontrar de su amor el dueño,
o morir de pena acompañada.

levanto se el alma en su vuelo
con temor, pero ilusión hermosa
de encontrar un amor o consuelo

a la soledad que más le acosa,
o acabar el intenso desvelo
donde solo la muerte reposa.

BUSCANDO LO QUE NO SE HA PERDIDO

Caminando en busca de amor, me
encontré con la muerte, y ésta me
preguntó:

-¿Por qué huyes, si te están esperando?
-No huyo, le respondí, es que la estoy
buscando.

-No mientas, respondió la muerte, sabes
que estás huyendo del amor que te espera,
y no se entiende esa manera de buscar a
a quien no has perdido, eres un mal
agradecido y bien mereces que ahora mueras.

A COMBATIR

Cada día me levanto al combate,
en esta batalla que no es solo mía,
y me preparo para el embate
de esta guerra triste y vacía.

Llevo la fe como fuerza dominante,
en una contienda que aún no cesa,
con el tremor del viejo caminante
y el ahogo del miedo cuando ateza.

El recuerdo familiar se desliga,
mientras el oficio al deber obliga
a combatir al tenaz enemigo.

Y si me tocare la hora crucial,
que nadie piense me llegó el final,
pues Dios tendrá otros planes conmigo.

A LA ESPERA

A la espera de un susurro del viento,
del brillo de una mirada precisa,
de la ansiedad de unos labios sedientos,
o de la tímida insinuante sonrisa.

Del olor a un perfume conocido,
de la voz que murmura un te quiero,
o de las manos que una vez dieron cuido
con tierna pasión, ternura y esmero.

Yo esperaré por todo aquello,
que fue sano, maravilloso y bello,
en el mismo lugar, en aquel puerto.

Que mi conciencia se mantenga confesa,
y si lo esperado ya nunca regresa,
entonces… todo lo que espero ha muerto.

A MADRID CON CARIÑO

Que no te culpen de lo que padezco,
que no es tu culpa mi desventura,
caminar ajeno a la locura
por lo menos en tus calles merezco.

¡Oh ciudad hermosa! Te agradezco
haber despertado mis simpatías
de escribir penas y alegrías,
mientras alegre o triste perezco.

Cuando la hora final me sorprenda
y no pueda reverenciar tu suelo,
que la llama de mi pluma encienda

la gratitud hacia ti y al cielo,
para que todo el mundo entienda
que no fue tu culpa mi desconsuelo.

AJENA POR DESPECHO

No me cuentes tu pasado reciente,
no quiero saborear el veneno
de saber que tu cuerpo es ajeno
ni que con otro ocupa tu mente.

Yo prefiero recordarte desnuda
en mi cama que fue mudo testigo
del amor, la pasión y el castigo
del fuego de la verdad y la duda.

Nada más importa que el recuerdo,
triste o alegre de aquel lecho,
reviva mentiras que aun muerdo.

Allí, donde creí era un hecho
que mi amor loco sería cuerdo,
no te pensé ajena por despecho.

ALGÚN DÍA VOLVERÁS

Sé que algún día volverás,
cuando se acabe la aventura,
cuando termine tu hermosura,
cuando ya no se puedas más.

Sé que algún día volverás,
cuando recuerdes lo que quisiste,
cuando añores lo que perdiste,
nostálgica te arrepentirás.

Abrumada por la osadía
se te harán eternos los días
divagando por donde irás.

Y con el alma adolorida,
por haber causado la herida…
yo sé que algún día volverás.

AL AMIGO QUE SE VA

Cuando un amigo se va
es el más triste castigo,
ver como parte el amigo
que quizás nunca volverá.

Nublada la visión en llanto,
la voz con un solo nudo,
con la mano un adiós mudo
a quien se le quiso tanto.

Con lágrimas de tristeza,
sentimiento bello y puro,
amor de singular nobleza.

En el momento más oscuro
te mantendré en mi cabeza
y no olvidarte… lo juro!

A MIS AÑOS...

A mis años he aprendido más escuchando que hablando, observando más que
viendo, sintiendo más que palpando, saboreando más que comiendo. He aprendido a diferenciar los buenos de los malos olores aún desde lo más lejano.

A mis años se aprende a conocer las personas desde la lejanía, a distinguir lo
enfermos de los sano, y a diferenciar la persistencia de la manía, a conocer la belleza de la vejez y lo engañoso en lo lozano.

Aprendí a interpretar el silencio más que a la empalagosa elocuencia, a callar antes de herir o crear falsas expectativas, o mentir.

A mis años, conocí la espera y aprendí a esperar, y a que la madurez del fruto que te invita a comer con lujuria desenfrenada no altere la paciencia ni trastorne la firmeza de mis pasos, ni me obnubile la conciencia.

Aprendí a distinguir las nubes pasajeras de las que traen el agua fértil, o las que arrastran ventarrones y causan daños.

Voy aprendiendo a vivir, pero se me hace tarde… a mis años.

Printed in Great Britain
by Amazon